JANE HIRSHFIELD

美，无法言说

The Beauty
Poems

〔美〕简·赫斯菲尔德　　　　　　　　著
陶立夏　　　　　　　　　　　　　　译

著作权合同登记：图字 01-2024-2382

The Beauty
by Jane Hirshfield
Copyright © 2015 by Jane Hirshfield
Simplified Chinese translation copyright ©2024 by
Shanghai 99 Readers' Culture Co., Ltd.
This edition published by arrangement with Alfred A. Knopf, an imprint of
The Knopf Doubleday Publishing Group, a division of Penguin Random House, LLC.
ALL RIGHTS RESERVED

图书在版编目（CIP）数据

美，无法言说 /（美）简·赫斯菲尔德著；陶立夏译. -- 北京：人民文学出版社，2024（2025.3重印）. --（巴别塔诗典）. -- ISBN 978-7-02-018718-8

Ⅰ. I712.25

中国国家版本馆 CIP 数据核字第 2024PD0654 号

| 责任编辑 | 朱卫净　何炜宏 |
| 装帧设计 | 李苗苗 |

出版发行	人民文学出版社
社　　址	北京市朝内大街 166 号
邮政编码	100705
印　　制	凸版艺彩（东莞）印刷有限公司
经　　销	全国新华书店等
字　　数	60 千字
开　　本	889 毫米 ×1194 毫米　1/32
印　　张	4
插　　页	5
版　　次	2024 年 8 月北京第 1 版
印　　次	2025 年 3 月第 2 次印刷
书　　号	978-7-02-018718-8
定　　价	59.00 元

如有印装质量问题，请与本社图书销售中心调换。电话：01065233595

目录

法朵　_ 1

我的骨架　_ 3

我的蛋白质　_ 6

蚊子　_ 9

我的双眼　_ 11

我的族类　_ 12

我的软木板　_ 13

我的记忆　_ 15

我的气象　_ 16

我的钱包里放着张卡　_ 17

我的任务　_ 19

我的三明治　_ 20

耗尽了干渴的井　_ 21

很多窗户的房间　_ 23

面孔半明半暗的照片　_ 24

棉花般柔软的命运　_ 26

玻璃纸：一则鉴定　_ 27

石英钟　_ 30

我的生活是我生活的大小　_31

透视法：一篇分析　_33

寻常雨。每片叶子都潮湿。　_35

不断自我归类的物品　_36

我早早醒来　_38

在一间厨房：洗蘑菇的地方　_40

蜂蜜　_42

洗衣篮　_44

花艺师的玫瑰　_46

没有手柄的拖把　_47

问题　_48

赞美无关紧要　_50

雪中的椅子　_52

像路边有什么寄居其中的小洞穴　_54

湿漉漉的春天　_56

月光下的高层建筑　_57

无论你看向何处　_58

解析与创造　_59

我甩下鱼钩，我决意求和　_61

一个人向命运抗议　_64

十二块卵石　_66

我只要少许　_71

一场寻常感冒　_ 73

今早，我想要四条腿　_ 76

我，曾经　_ 77

日光中，我打开了灯　_ 78

我鲜少特意向沉稳的努力致谢　_ 79

如同锤子对钉子诉说　_ 82

我坐在阳光里　_ 84

波幅不会触底　_ 85

未被选择的那个　_ 87

四月雪　_ 90

二月二十九日　_ 91

三个清晨　_ 93

离家时，我想起流亡的诗人们　_ 94

所有的灵魂　_ 95

在太空　_ 97

纪念品　_ 99

必定的耗子　_ 101

我记得最牢的对话　_ 103

两条亚麻手帕　_ 104

作品与爱　_ 105

不含任何自身消失点的透视　_ 109

奔跑者　_ 110

美丽的陋室 _111

这之中每一刻都不是减法 _112

我宣扬不确定 _113

零乘以任何事物都是一个世界 _115

难解难分 _117

如两个负数与雨相乘 _120

法 朵

男人伸出手来
自女孩耳中,
掏出硬币
从她手中取出鸽子
她并不知晓其存在。
你或许会想,
哪一样更使人惊诧:
是硬币抵着拇指,
那锯齿边的呢喃
抑或鸽子顺从的静默?
是他找寻到它们,
抑或她未曾拥有过,
又或者是在葡萄牙,
这半静止的时刻,
天色将晓,
坐轮椅的女人

唱着一曲法朵
将房间里所有的生灵
置于天平的一端,
它自己在另一端,
铜秤盘平衡了。

我的骨架

我的骨架,
曾因你自身的成长
疼痛,

如今,
每一年
无法觉察地萎缩
变轻,
吸收进你自身的
密度。

当我起舞,
你舞。
当你破碎,
我碎。

一如躺倒，
步行，
攀爬劳累的阶梯。
你的双颊。我的面包。

某天的你，
残存的你，
将被剥离这段联姻。

嶙峋腕骨的风湿痛，
胸腔开裂的竖琴，
脚跟的粗钝，
头骨敞开的碗，
骨盆孪生的平盘——
于最终的平静中
你们每一个都将我遗弃，

我对于你的白昼，
暗夜知晓多少，
我以我双手
拥抱你终生
却以为手中空空如也？

你以你双手
拥抱我终生
如新手母亲拥抱
她无遮无盖的孩子,
不假思索。

我的蛋白质

他们说，他们已经发现，
痒的蛋白质——
利钠多肽 b——
它穿行于它独有的路径
在我脊椎里。
如同疼痛、愉悦和热。

身体仿佛一条公路，
四叶草形的路口
好好建造，好好穿越。
有一些我北去，一些我南往。

他们已经发现，我百分之九十的细胞，
并非我个人，
它们是我内里的其他生物。

正如我人生的百分之九十六不是我的人生。

然而,他们说,我是他们——
我的菌群与酵母,
我的父亲与母亲,
祖父母,情人们,
我手机那头说话的司机,
我的地铁与桥梁,
我的窃贼,我的警察
他日夜追逐我自己。

我的蛋白质们,显然也是我,
叠着衬衫。

我在这拥挤的都市找到
一个安静的角落
在那里搭建非我的乐高积木
一条长椅
鸽群,三明治
由燕麦面包、芥末酱和奶酪制作。

它是我也非我,

饥饿
令三明治美味。

它非我也是我,
三明治——
神秘的两者皆非
能折叠、展开,或吃掉。

蚊 子

我说,我
以及

一只小蚊子,从我舌尖饮水
很多人说我们,听见的却是我
我们该如何应对这个问题

一只被我双手捧着的碗
不能被捧它的人注满

蓝鲸说:x
磷虾说:x
海洋说:求解 y,再乘以存在

蚂蚁的脚在地面发出它们的声响

冰被水震惊

一个人误读

谵妄为飞燕草①
陷入困倦如美人打喷嚏般的蓝

代词打着盹

---

① 谵妄原文为 delirium，飞燕草原文为 delphinium。

我的双眼

一小时不是一间房,
一生不是一座屋,
我们经过它们并不似
经过门前往他处。

然而一小时可以拥有形状与比例,
四面墙,一面天顶。
一小时可以如玻璃杯坠落。

有些想要安静而有些想要面包。
有些想要睡去。

我的双眼
去往窗前,如同独自留在家的猫或狗。

我的族类

即使
一只小小紫洋蓟
煮于
自己苦涩
而暗沉
的水
也会变得柔软，
变得柔软而甜美。

我想，耐心，
属我族类

不断试探带刺的叶子

带刺的心

我的软木板

无论你有多少孔洞,
总有空间再容下一个。

无论你承载了多少,
你能承载更多。

像个讲笑话的圣徒,
外在的不完美
适合你。
你的这些裂缝
令人想起静默的地球板块。

冥府的软木板,
总垫在下方
当你平着悬挂,
你等待的图钉

对我来说
是种耀眼的热忱,
是一扇无论风雨都敞开的门
是邀请
说着"我家,即是你家"。

软木板,我向你道歉——
我,一个想要
在内心更像你的人,
用地图、记事本、账单
覆盖你。

这些赞誉你的词语
也将你伪装得更深。

我的记忆

就像旅行者带回家
不曾使用的
小肥皂和洗发水,
你,记忆,
轻若无物
今晨栖于我身。

我的气象

清醒、瞌睡、饥饿、焦虑
躁动、震惊、如释重负。

树也如此吗?
山呢?

杯里盛着
糖、面粉、三大缕兔子的呼吸。

我捧着这一切。

我的钱包里放着张卡

我的钱包里放着张卡
它声明我有权结婚。

我的钱包里放着张卡
它声明我可以开车。

我的钱包里放着张卡
对店家说我值得信赖可以付款给她。

我的钱包里放着张卡
它表示我可以在我居住的镇上借本书。

我的手里拿着张卡。
它上面的字声明我没卡、没车,
没国籍,也没钱。

它轻盈无边际。

它将我命名为"所有必死之人社团"的一员。

我的任务

一个想法浮现。
它悬挂于
床头柜的边缘。

墙上的咖啡。
大理石桌上的咖啡。
床单上的咖啡。

想法随它四处飘荡。

海兔,记忆的海蜗牛,
或许某天某人会在你两千个神经元里面找到
这个我遗失的想法。

我的任务是找到你不太被研究的姐妹,
善擦洗
带肥皂的海绵。

我的三明治

如此多的事物
要等到被给予
你才加以思索。

即便是简单的——
农家奶酪三明治,
苍鹭收缩的颈项。

你吃。你看。
你回头而它终结。

这人生。这汹涌的——
如长存的爱一般无人问津的——
长存的异怪。

耗尽了干渴的井

一口井耗尽干渴
以时间耗尽星期的方式,
以国家耗尽其词汇的方式
抑或像树耗尽其高度。
像棕色的鹈鹕
在日暮时耗尽凤尾鱼状的波光。

一场奇异的共谋,
如同耗尽其时日而又转为
又一年的年份,
如同压缩棉抹布
和锅与碟一起仿佛耗尽了干燥
但几分钟后又找到更多。

一个人走进厨房
擦干双手,擦干脸,

站在疑问的唇边。

脸旁,是双手,
双肩后,
是酵母、山峦、苔藓乘以解答。

有永不耗尽疑问的疑问,
不会耗费解答的解答。

站着的男人要求将这疑问拿去:
一扇门生锈敞开。
"肯定"站在其左,"否定"在其右,
两个硕大的星球未被描绘的静默。

很多窗户的房间

在一间很多窗户的房间里
一些念头滑过无可触摸,如鬼魅。
三个沉默的自行车手。一个拄拐杖的女人,迟缓。
如同那个你在小溪沙岸上入睡的夜晚,
感觉某种轻盈、缓缓爬行的东西一步步经过手掌,
经过你去喝水。你对它毫无意义。
吊床、土堆,黑暗中的盘根错节。
于你,就如同那个干渴的生物。
你能猜想,却无法命名。

面孔半明半暗的照片

即便 3 + 2 也如此。

照片中的面孔一半被照亮,一半在暗中。

火车站里一列火车停靠
另一列在它后面经过,
听闻,但不曾目睹。

为良好的五感骄傲的人
不靠回声定位活着。

狗怜悯我们的鼻子
如同我们怜悯撞击玻璃的蜜蜂。

将世界上每个其他的词拿走,
还剩下什么?

半之又半的黑暗。

在此又经过的车站。

我们在一处度过我们的人生,
于每分每秒中看向另一处。

如同孩童的地图,
X在其上
同时标注谜题和宝藏。

它如此近,却不在此。

棉花般柔软的命运

很久以前,有人
对我说:要避免,否则。

它搅乱心神
如同一块递出的肉让狗心神不宁。

如今我也六十岁了。
人生不做他想。

玻璃纸：一则鉴定

有很多种透明。
你的那种被创造时
介于
钢化玻璃和保鲜膜之间。

有时我想要成为你：
某种被看穿并透过的事物。

你出身高贵：一棵树。
腐蚀剂和酸性物质将你变成
你如今面目，
有效防护，不易弯折，几无重量。

禁锢又保护，
你的渴望是变得轻薄、自毁，
拆解并打开。

你鲜红的项链宣告着:
"由此处撕开。"
你的内部,烟草。
你的内部,薄荷糖、姜饼、口香糖。
你不会被拿来
包裹床垫和枪。

你被授意来到世上
只因一句"或许可以"的启发
你超乎想象却实用,
于是被保留。

你的技艺窸窣作响、自负鲁莽:
保存以对抗时间。

在这事上,你如同一支金属短笛
歌喉不知衰老
懂得来自二世纪的
只字片语
曾被磕磕绊绊地译为——

"夫君,我自河中来,

它灌木丛生的河岸留下了这些印痕。"

为着欢愉,生来要被看穿。

石英钟

物理学家的想法
可以变为有用的物品:
火箭,石英钟,
用于烹饪的微波炉。
诗人的想法只变为想法本身,
如钟的指针,
或人的脸庞。
想法会改变,却只是变得更像其人。

我的生活是我生活的大小

我的生活是我生活的大小。
它的房间是房间的尺寸,
它的灵魂是灵魂的大小。
在它的背景中,线粒体低吟浅唱,
头顶是太阳、云层、雪花,
恒星与行星交替。
它搭乘电梯、子弹列车、
各式飞机、一头驴。
它穿袜子、衬衣,它有双耳和鼻子。
它吃,它睡,它张开
又紧合双手和它的窗。
其他人,我知道,有更为广阔的生活。
其他人,我知道,有更为短暂的生活。
同样,生活的深度,也不尽相同。
有时我的生活和我一同开玩笑,
有时我们做面包。

曾经，我变得沉郁疏离。
我告诉我的生活我需要一些时间，
我想尝试和别人约会。
一星期后，我空空的旅行箱随我归来。
那时，我很饥渴，而我的生活，
我的生活，同样饥渴，我们无法停止
上下其手　脱衣解带
唇舌交缠

透视法：一篇分析

让一面墙比另一面更暗，
形成一个角落。
让一片叶子比别的更红，形成一棵树。

发生过地震、流行过疾病和响过电话的街区，
曾经看似重要的事物。

将一瓶香水凑近，不可磨灭，他人消隐。

从每个方向看立方体都是方的，除非被磨圆。
因炽恋、厌倦、绝望而打喷嚏。

一般无可找寻，又处处如鱼得水。

喜欢魔术，它在魔术中时常有用。
喜欢骰子。

喜欢万物本来的样子，原本的样子，原本的样子。

乐衷于折叠一切——
一手手好牌、洗好的衣物、信件、手肘和膝盖。

在乔托笔下轻声细语，在丁托列托笔下高声吵闹。
喜欢镜子、窗户、陈旧肖像、远远的眺望——

比如，这幅中国卷轴，展开时仿佛无有穷尽
它的小舟、飞泻的河流、踱步的长袖官员
头戴形状奇特的帽子，
好奇的马探头观看
它被永远缚于这棵松针细长的松树。

寻常雨。 每片叶子都潮湿。

丢勒的风景画
画着草丛中的一株蒲公英

它的花朵

完成了第一轮盛开
还未打算开启第二轮

这一切也终将向大地弯折

流放
写下书信
由友善的马和驴送过群山

不断自我归类的物品

是不是乳脂知道自己是乳脂,
牛奶知道自己是牛奶?
不。
某些事物只是消失而某些留存。

就像膳宿公寓的餐桌:
男人坐一边,女人坐另一边。
无人筹划。

格子衬衫比邻,
以中西部的口音交谈。

无人计划成为鬼魂。

之后,年轻人坐在厨房里。

很快,他们将会是

手忙脚乱说着"抱歉"并迅速后退的人。

但他们不知道这些。

没有人能知道这些。

我早早醒来

我早早醒来,
做两杯咖啡,
喝一杯,
思考,回去睡觉,
再次醒来,思考,
喝下另一杯。

将日子重新来过
是一局不为输赢的纸牌游戏,
成熟的西红柿,
游泳的猫。

这里的时间:
温热,
加奶加糖,
如餐桌宽大未经布置。

我两次醒来。

窗户两次
不曾破损,明亮透光。

猫的鼻子和耳朵两次在水面之上。
战争(我的战争)两次
离得很远
它的子孙在远方。

在一间厨房： 洗蘑菇的地方

在一间洗蘑菇的厨房,
蘑菇的气味流连。

如同海洋一定长久保留鲸鱼的气味。

如同一个人曾被毫无保留地爱过,
一个国度曾被征服,
就不会泄露那震撼的讯息。

这些奇形怪状、越长越高的羊肚菌、滑稽的马勃菌
势必想要被发现。

地衣曾被用作灯芯。
洁净燃烧的椰子、橄榄。
风干的鲑鱼、羊脂、炽热燃烧的海燕尸骸:

火光冒着浓烟破损不堪。

无法燃烧的蘑菇是他物。
它们使置身其间的空气暗淡。

它们的气息,被跋涉过、被带走的气息。

蜂　蜜

音乐带着指令到来：
弱音，强音。

能剧表演中演员们戴着面具，
如此他们的灵魂得以被看见：
头发蓬乱的老妪，不谙世事的年轻僧侣。

每个早晨我在陌生的国度醒来，
我的床由陌生的木头制成。
时间抵达时无需钟表。
雨滴排列出象形文字，
以来自未来的
弯曲的膝盖、
倾斜的肩膀、高举的双臂
这未来——

盒子标注的
既非"指令"亦非"建议"。

已是的,将成为的,
是蜂蜜。
触碰后,黏于手指。

仙女座在头顶,静默。
其下,耳、目,
一只疼痛的手肘,
契诃夫,勤劳的蜂群。

洗衣篮

如同阳光或黑暗将自己妥善
包裹于灯、桌或山的边缘,

静默将自己缝于
希望、思绪和言语的边缘。

有人听到它
是自己说话的声响
自他们已逝之处传来。

有人发现它是夏日凉枕,
冬季羊毛大衣。

有人将他们的名字钉在
它的门扉并进屋去。

如果屋里存在幸福
那么不采取手段
你的双眼就无法睁开看清它,

如果屋里的悲伤弯折
似冻雨中晚收的荨麻,

静默也会在那里迎接他们,

将每个人安置在它的柳条洗衣篮中
格纹毛毯上,两只瞌睡的小狗。

花艺师的玫瑰

威尼斯
一面图书馆墙壁的颜色

培育来
开放在花茎之上

衰老躯体上
一双老妪的手
将它们扯下

"要的是花瓣"
她说
此时想起
恋人间
突然的铁石心肠。

没有手柄的拖把

拖把没了手柄,
我再次下跪,
跪在老杉木制成的地板上。
曾有一个想法站在地板中央,
在火炉旁,左脚跟换到右脚跟。
左手换到右手,我在它周围擦洗。
没有手柄的想法,
没有双手,没有柠檬和塞伦盖蒂草原的想法。
一口接一口呼吸,
水中棉布的一角湿了整块布。

问 题

你正试图解决一个问题。
你几乎确信已完成一半,
或许更多。

你取来一些盐、一些白矾,
放进问题中。
它的颜色从黄变成深蓝。

你在问题中打一个深蓝色的结,
如同打在秘鲁人用彩线的结绳记事之中。

你走进问题的杂货店,
它的跳蚤市场、露天市集。
坐落于满是海绵和糖果的小巷间,
还有珠宝、香料和发梳,
你沉思哪个摊位,那个南瓜或香水,就属于你。

你走进问题的钢琴里。
你选择三个音符。
一个势必将打开问题的门,
哪怕你知道的仅仅是:
进退两难的境地属于可食用还是药用,
这问题事关理性还是悲伤?

此刻它正回望你
以一只年轻快活的小狗的眼眸。

她全身向着要捡回的物品冲刺,
小狗想要讨好人。
只要她能明白哪个方向,
哪种物品,哪类谜题的气味,
以及问题的运行轨道是圆形还是椭圆,
以及它的丈量单位是磅、记忆,还是肉。

赞美无关紧要

没有哲学
悲剧
历史,

一只灰色的松鼠
看来
十分忙碌。

轻盈得像灵魂
自博斯画作中
逃脱。
各种绿
与朱红色剥落。

他爬上一棵树

同样名不见经传。

他的心跳动得更加剧烈。

雪中的椅子

一把雪中的椅子
应该
和其他变白变圆润的物品
一样

然而雪中的椅子总是悲伤

胜过床
胜过帽子或房屋
椅子只为一样事情而塑造

承载
一个灵魂迅疾且可弯折的数个
小时

或许一位国王

不为承载雪
不为承载花

像路边有什么寄居其中的小洞穴

像路边有什么寄居其中的小洞穴,
我体内住着我不知姓名的生命,

亦不知其命运如何,
不知其渴求何物或以何为食。

它们以我为食。
吃下我的低场域里小且带瑕疵的苹果
我不会饮下它怪石嶙峋的溪流和干旱。

在我的街道里——那些狭窄的,
自我的地图上未被标注的——
它们沿级而下追随双耳无法追随的音乐,

在黑暗借我的舌头里,
在自我的时钟不计算的时间里,

它们以喋喋不休的音节讲述其余的失落、其余的爱恋。

也曾有过严酷的灭绝,
失踪的群鸟曾大快朵颐并大宴宾朋。

也一定存在着想法
像带钨钢钻头的喧嚣机器将白昼碾碎。

几许逃离,一点慈悲。

它们留下的
小孔洞里住着自我的秤不会称量其重的生命。

湿漉漉的春天

真实的城堡冰冷。
它周围的世界是张河床。

几处精心设置的开口
在窗下
让雨水哭泣着排到外面。

雨是细绳
缠缚的包裹无人知晓
装着什么,他们只是不断尝试将它寄出。

或许是甘草。或许是善意。

这包裹如此巨大甚至潮湿都变为一把伞。

月光下的高层建筑

我发现自己
突然变得庞大
三维,
一座月光下的高层建筑。

思绪经过我
如同飞蛾般轻易。
感觉经过我如同鱼。

我听见自己思考着,
不是钢琴,不是双耳。

然后,过早地,听见寻常的火炉,
我头顶的日常脚步。

再次用热水洗脸,
像我孩提时那样。

无论你看向何处

在高雨槽的角落
屋瓦之下
新草娇嫩的种子冒出头来

它们问:什么战争

解析与创造

在中国画中,有带骨骼的花
和没有骨骼的花①。

树、人、山岳、马匹和房屋亦如此。

一种矿物钙,并非主题
而是毛笔
手持的角度,加入其中。

狐狸毛是柔软的,
然而里面有狐狸骨头和狐狸牙齿。

群山间的空间被称为"龙脉"。

---

① 即中国画中的勾勒法和没骨法。

鹿柴①写道:"当描绘一块石头时,画下它所有三个面。"

我想起两个希腊面具,一个欢笑,一个悲泣,
还有他发现已遗失的第三个——
惊讶的面具?愤怒的?严厉的?
孩童入睡前的面容?

鹿写道:"此处只有一事可讲:描绘全面的石头是活的。"②
还有,关于描绘人物:
"藏进袖内的双手是温暖的,不会觉得寒冷。"③

---

① 鹿柴:即画家王概,清朝画家,曾与其兄王蓍、其弟王臬完成了《芥子园画谱》的编绘。
② 画谱中原文:画石起手当分三面法。秘法无多,请以一字金针相告,曰"活"。
③ 画谱中原文:炉薰袖手不知寒。

我甩下鱼钩,
我决意求和

蜜蜂不与我说话。
鲸鱼不与我说话。
马沉默不语。

历史不与我说话。
阿拉克尼仅是只蜘蛛。

若我主动提及"我"没人说"你",
如我提及"你"没人说"我"。

我应该去往
投诉柜台——

有一个,
新松木建的小屋

在中国黄山脚下,
门开着,一个女人坐在椅子上——

但没有任何事物显示"柜台"
没有任何事物显示"黄"或者"山"。

黑板上擦掉的灰尘,藤壶,
比床更缺睡眠——
我能如何,没有脸,没有人可以亲吻或咆哮?

我甩出我的鱼钩,我投票反对它,
我决意求和。

我宣告这一意向但无物应答。
于是我将和平置于温暖之地,盖上毛巾,保护它,
再放进烤箱。我等待。
和平耐心且随和,超然物外。

推土机移动起来
从毁灭宫殿去往建造之地。
学生们回到他们的课堂。
吞拿鱼自在游动。

天空升起天空的旗帜。

这一切写于半页之内,少许墨水,
一小口傲慢
葡萄干和蜂蜜使其变甜。

我开始考虑如何利用明天的无言。

一个人向命运抗议

一个人向命运抗议道:

"那些你让我
最想得到的东西
闪避得最远。"

命运点头。
命运表示同情。

系好鞋带,系上衬衫纽扣,
对于非常年幼者,
非常年老者,
才是成就。

在漫长的中间岁月:

扭合铆钉

学会探戈

训练猫咪不要上桌

保存比这一刻更漫长的一刻时光

无论前日发生过什么都依旧醒来

以及,书法喜欢在身体内练习。

十二块卵石

掌握一种力量的手

掌握一种力量的手,
它的练习要求手中无物。

女人,老虎

女人,老虎,门,男人,选择。

谜语没有灵魂,
它们内部,从不下雨。

三 视

猫睡着

沙石路面上熊的掌印
白昼的蛾在其间困惑地走着,如履薄冰。

　　　　我知道你以为我已遗忘

但今天
在雨中

没有外套没有帽子

　　　　静　物

一幅静物画中
一本书对其书架上位置
的忠诚

如此,
陈旧之爱延续。

我曾向他提过一个问题的男人死了，
　　　　他的儿子寄信来。

干渴的老鼠改变河流。
石头改变河流。

没有躯体的字词改变我们。

　　　　人为度量

说生僻语言的女人怀着强烈的感情歌唱
作曲家铅笔写下的指令要求带着强烈的感情歌唱。

　　　　迁徙与饥饿

我误读了记者的句子：
"在这场人类的闹剧中，警察吃掉了配角。"①

---

① 应该是将 act（扮演）误读成了 ate（吃掉）。

屈尊降贵：一份鉴定书

有牙。

十五年来

一个女人对她的女儿说，
十五年来，
"如今是第一次，
感觉到我的年龄，第一次。"

无忧无虑的人生。
每一天的昨日都欢欣。
每过完的一年都顺遂。

地图在一张桌上摊开，旅游指南在另一张桌上

"我在这里。
除了这里我哪儿都不想去"，

依旧悬在枝头的杏子说,
越长越圆
像刘易斯·卡洛尔书里的一页。

创造和经过

新新新新新
春天的雏鸟咆哮。
一根老枝托着它们。
世代。
奇怪的词:既是创造又是经过。

我只要少许

我想,我要的,只是少许,
两茶匙的寂静——
一勺作糖,
一勺搅动潮湿。

不。
我想要一座开罗城的寂静,
一座京都。
每一座空中花园里的
苔藓与水。

寂静的方向,
北,西,南,过去,未来。

它穿过任何窗户上
一英尺的缝隙,

如被吹斜的雨。

悲伤游移,
像吃草的马,
一只脚换到另一只。

但当马沉睡
睡时所有腿都锁住。

一场寻常感冒

我们说,一场寻常的感冒——
寻常,尽管它从游客传递到游客
    如今已环绕地球七次
    尽管它已见过西安的大雁塔
    见过皮耶罗·德拉·弗朗切斯卡在蒙特其的
    《临产圣母》
    见过克拉斯诺格鲁达空荡荡的犹太教堂
    见过阿勒颇焚毁后的露天市场

我们说,一场寻常的感冒——
寻常,尽管它无穷无尽且必定永世长存
    说寻常是因为它几乎从不杀死我们
    因为它在赞同或不赞同的人之间共享
    因为它并非贵族
        减轻为正面和侧面都红的鼻子
        减轻为发音曾一度清晰的咳嗽喉咙

　　　　　减轻为不快的失眠，翻转着羽绒的
　　　　　羊毛的、稻草的、泡沫的、木棉的枕头

我们说，一场寻常的感冒——
寻常是因为它阴云密布、变幻莫测且枯燥乏味
　　　因为有夏季感冒、冬季感冒、秋季感冒，春
　　　天的感冒
　　　因为总是被称作感冒，然后它们各不相同
　　　　　以喉咙痛开场
　　　　　以吸鼻子开场
　　　　　以些许疲惫或不适开场
　　　　　以一次无害无题的喷嚏开场
　　　因为它往往是一段八天长的祸端
　　　　　最多两到三盒的纸巾

我们说，一场寻常的感冒——
不知道，它何时加入我们
　　　它何时缓缓踱进达尔文的人类长廊
　　　海牛是否会染上，至于鹦鹉我认为不会
　　　最早又是谁为它命名，描述它，印和阗、
　　　阿斯克勒庇俄斯、仲景
　　　他们是否想知道，像它那样慷慨那样竭尽全

力分享自己的生命般

分享我们的生命，会否幸福

病毒分裂并改变而皮耶罗的女孩依旧垂眸

五个世纪以来依旧等待依旧沉思依旧完整

与此同时她面前有个人在敞开的口袋里搜寻纸巾

一次为着不止一个理由

今早， 我想要四条腿

长两条腿的一切都没多少重量
也不能有。
大象、毛驴，甚至烧火炉——
人也能靠那些腿，站立。
两条腿催你前倾。
两条腿易疲乏。
它们找寻另两条腿作伴，
一双腿向着音乐前去
让另一双后退。
它们想要被刻进树干：
相伴　永远。
长两条腿的都不会吠叫，
不会嘶鸣或轰隆隆作响。
然而，今夜，一切都不同。
今夜我想要车轮。

我， 曾经

我，曾经
是高原草甸上的七头西班牙小公牛，
困倦无名。

"如若"这种事于我陌生，却完整。

时间的光
照在颈背
如椋鸟的双翼

或是若爱人的欢愉
无需顾虑他人

日光中， 我打开了灯

日光中，我打开了灯，
黑暗里，我拉上窗帘。
过甚之神，
什么都无法惊动的存在，温柔地应允——
每一日，年复一年，
逝去的事物每天都逝去得更为彻底。
在羊肚菌被发现的地方，
我寻找羊肚菌。
在爱被发现的房子里，
我寻找爱。
如果她消失，一切又有何不同？
如果他存在，此刻何事更改？
壶让最接近火的金属燃烧。
水离去。

我鲜少特意向沉稳的努力致谢

一人说着话

停顿,放入

些许语言的静默成分。

如同一小时。

任何小时。这一小时。

有些事发生,很多则未曾,

又或许一如往常,一切在发生:

矗立的高墙继续

全神贯注地矗立。

喧闹的乌鸦叫低沉下来并举起她的枝干,

乌鸦的气息进入树叶,进入树皮,

如同搅拌的蜂蜜溶入茶水。

我鲜少特意感谢

世界以沉稳的努力维持着世界。

感谢绿色的供应

以及黄色的舍弃。古老的苏美尔人

称呼爱人为"蜂蜜",像我们一样。

也说过:"借来的面包未被归还。"

和他们一样,我们向蜜蜂支付爱的赋税,

我们继续以不同的顺序整理旧笔记。

欲望归入 ACAGGAT。

宽恕在 GTACTT①。

在一个空间与时间的世界,组合物质。

一小时没有正面与背面,

除了双眼朝前的那些,

它们的眼泪模糊了思绪和星群。

五个基因,一种确定的排列,

将居无定所地度过此生,放牧。

这与动物的身体如何拥有生命相关,

无论蚂蚁或骆驼皆是如此。

这种展开的代码接下来了解的是,

它能否在嘴里发现重要这个词——

能携带的物品,抑或无法携带的,

或者它们不断交易场所的方式,

交易悲痛与欢愉,喜剧、忧郁、死者、生者。

昨夜,硕大的苏美尔月亮

---

① 腺嘌呤(A)、鸟嘌呤(G)、胸腺嘧啶(T)和胞嘧啶(C)。

赤手空拳攀爬进屋内
又两手空空地离开,
不是小偷,不是爱人,不是乌龟,只是四处打量,
在地板上拖曳着它柔软盲目的拖鞋。
这让我觉得重要,于是我回头望去时双手
张开,手掌目不转睛。
是什么引发了大火,我们问,意思是,闪电、
线路、火柴。
多么精准又不请自来,
氧气溜进了,这些厚重的词语的间隙。

如同锤子对钉子诉说

当所有别的人失败,
败得英勇,
败得义无反顾,
如锤子对钉子诉说,
或一盏灯被留在日光下。

说一。
如果二并不随之而来,
说三,如果这也失败,说生活,
说未来。

缺少未来,
试着说水桶,
缺少铁,试着说阴影。

如果阴影也失败了,

假如你的声音跌落又跌落不断失败,
迎接的只有空气和静默,

再说一,
但要带着更坚定的信念说,

如同钉子对图画诉说,
如同锤子被留在日光里。

我坐在阳光里

我将椅子移到阳光里
我坐在阳光里
当称作禁食时饥饿被挪动的方式

波幅不会触底

在中国画的一些流派中,
三条对角的笔画可平衡一座山。
就像,关于幸福的字
内里包含关于福气的字。也包含不幸。
你希望自己愚昧、无知、诧异、震惊。
想要被折服
凭借蘑菇的气味你无法决断是否该采摘。
当凶猛机敏的苍鹰,
过分而不可原谅地,在她筑巢时将你驱逐,
她以自己动物的钝重击打你的脑袋。
硕大、耳聋的熊,身处黑暗中的两条小径
是某位祖母的假珍珠项链突然成真。
你吞食他人的故事
因为你自己的已在体内而你依旧饥饿。
你想要在能漫步其外的房屋里入睡,
有窗且简单,每天都在它上面发现一扇门——

绿漆剥落，挂着锁——你永远猜不到。
你找到了房屋，走进去，在那里进食、睡觉。
无论你如何在屋内翻箱倒柜，
那扇门，装着铰链，总在别处打开。

未被选择的那个

姐妹中排行第三
阿姨之一忘记寄来卡片。

长椅上的男孩,排行倒数第二,
不敏捷,不细致,不狡猾。
挑剩下的小鸡,被树枝擦伤的桃子,
松动的椅子,未被使用过,放在角落。

尽管机会均等
但有些时候,未被选择,
几乎是好事,几乎是运气——
埋了三十年的地雷
选中了别人的腿。
(嘴巴是如何竭尽全力地
说道:幸运,很好。)

大多数不被选择,大多数只被观看。
事情必定如此。
被观看的
(不逃避尊严,不真心在意)
哀叹他们的责任,
如此多的焦虑、需求、冗杂的事。

照旧的是:任何兔子都是它自己那个
兔子世界的中心,
它宇宙的坐标轴是压平的草制作的巢。

它用与地齐平的双眼朝外打量,
温暖、好奇、饥饿,
随着它兔子的命运
它的心跳得时快时慢。

兔子的灵魂忍不住
要选择自己的耳朵、脚掌,
它自己的惊吓、睡眠、渴望,
它有兔子的过敏,

以及粉色的鼻子,

可以由丢勒的妹妹
用炭笔绘成,但并非如此,
吸入它自己的暖意和毛皮味,
粉粉地闪着光,
在它的兔子角落里
在广大而无法解答的世界中,
粉粉地更改了远处的星光
却并不知自己所为。

四月雪

"好啦,好啦①。"无措的叔父
安抚
哭泣的婴儿。

"好啦,好啦。"他一遍遍说,
认同着:
此处,此处是唯一可行的难题。

片刻后,此处与那边
将沿着一首关于雪落在风雪牧场的摇篮曲,
齐头并进。

---

① 原文 There there,可翻译作语气词"好啦",也有"那边"的意思,与 here(此处)对应。

二月二十九日

额外的一天——

如同画作中的第五头奶牛,
从她黑白的花纹中,
直接往外看,
径直看向你。

额外的一天——
无疑,是不可测的:
做好的年历被事实绊了个趔趄
像醉酒的人被低矮到看不见的门槛
绊倒。

额外的一天——

一杯黑咖啡作伴。

一个友善但事务性的电话。
一件退回的快递。
些许额外的工作,但并不太多——
正如一天的价值,分毫不差。

额外的一天——

并非不像
门与门框间的空隙
当一个房间被点亮而另一个没有,
一个房间变成另一个
如果女人替换了围巾。

额外的一天——

和其余任何一天都同样精彩。
依然,
它有某种慷慨,
像一封书写者逝去后依旧能重读的信。

三个清晨

在伊斯坦布尔,我的双耳
三个清晨都听见对祈祷者早早的召唤。
光线更充足的时候,又听见了鸟,
水上的鸟和树上的鸟,迁徙的鸟。
如三种智慧,
我听见它们:缺乏领悟,
掺糖的距离,渴求。
当肉体消亡,它们将去往何处,
那些迁徙的鸟和祈祷者的召唤,
就如拿出烘干机时床单散发的热?
伴随我爱过的事物的声线,
伟大的爱和微小的爱,火车轮,
蟋蟀,时钟滴答,雷声——当置身芳香、翻滚的
热气中,
它们又将去往何处?

离家时， 我想起流亡的诗人们

离家时，
我阅读流亡的诗人们——
奥维德，布莱希特。

然后在那晚将书放于
床脚边。

整晚假装它们是猫。

我一次都不曾
惊醒她。

所有的灵魂

在意大利,属于死者的日子里,
各个方向的每座教堂和村庄,
他们敲响钟声。
平时,则是特定时间规律地敲响——
十一响,十二响。船桨挥动
暂停等待,没入无底的水与空气。
而其他的呢?不成曲调,没有音准,
当入口突然关闭时
蜂房门口翅膀的韵律
蜜蜂们,沉甸甸地归来,明白
鲜花盛放和花粉的世界已终结。
或许没有说明
这该如何制作。未被标注尺寸的
钟舌,
钟绳,它们硕大的铁质身躯并不神圣。
不许有形状,不许有围栏

不许有关联。这美——无法言说——
即是美。我饮下它即觉干渴，
我停止。我奔跑。想要在每个方向更加接近。
每一记传出的钟声都没有记忆
或是审判，不暴烈，不温柔。不关心。
但依旧：存在着。某种震颤的存在。
我——还不曾了解轰炸——
从未听过死者对生者
如此赤裸的要求，要求被其知晓。

在太空

在太空
(两个五年级学生建议的
实验),
加拿大宇航员
从毛巾里拧出水来。

它停留在毛巾旁,
水平的
透明的云母薄片,
一件透明玻璃柱。
随后开始覆盖他的双手,
他的手腕,
停留其上
直到他将水转移到另一条毛巾上。

地球上

有个观看这一幕的人
认出了这拧巴的不理性的灵魂，

它是如何不肯离去
而是留在近旁
离开了清洁中的扭曲的命运，却不远去——

恐惧　欲望　愤怒
愉悦　烦躁
哀恸

那闪光的，那无法离开我们的
潮湿之物
没有他处可以坠落

纪念品

我想要
带走些什么

但即使一张椅子
也太局促
太沉重

斑驳的画作
在行李箱里掉落
铰链听来是对盗窃的背叛
奶酪无法保存

晾衣夹
没有了所处的环境
会变得平庸

巨大的雷滚落别处

有伞出售
但在荒漠里你想要的是浑身湿透

"请勿打扰"的牌子破烂不堪

我曾很多次带走
一些咖啡馆的小糖包
于是在土耳其
我能用中国给咖啡增加甜味，
在意大利记起立陶宛的糕点

然而咖啡在哪里

左右手都无用
双膝咔嚓作响
心最终平静
像电影结尾的英雄
无言地眯起眼看向斜阳

无论如何你不能在那里撑着伞
他又将在晾衣夹上悬挂些什么

必定的耗子[1]

谷仓桶里的任何时刻
都芬芳、充裕。

很快必定的耗子到来。

每一只带走
耗子嘴那么大的一口
满满的一口

谷桶空了
侧壁到底空空如也。

饥饿
来来去去

---

[1] 原文为 The Must-Mice,首字母押韵。

将时间化为回忆。

满满一口
是耗子嘴大的一口,
满满一屋
是满满一屋的空荡。

我记得最牢的对话

一个甜美的蛋糕想要含有一点盐的
那种样子,
或者近处略呈灰色的黑想要被看见,
或者一只未被用过的壶为煮水而保持完好,

我记得最牢的对话,
是被打断的那些。

等等,你说着,一边追赶它们,
我忘了问——

夜行列车,它们回答。
火棘红色果实上的银光。

两条亚麻手帕

你们是如何做到死去十二年
依旧如此平静

作品与爱

1

雨落下如同玻璃杯
碎裂,
某些东西突然同时遍布四处。

2

像幅画那样活着
一次从多个角度被审视——

与门廊对视
下至发丝
上至你不染纤尘的双足

3

"这是你的房屋",
我的鸟类之心对我的蟋蟀之心说,
我走了进去。

4

幸福的人只看到幸福,
活着的人只看见生命,
年轻人只看到年轻人。

如同情侣相信
他们永远会醒在另一个也正爱着的人身边。

5

无论我多么频繁地翻动书页,
最终我总是停在
书中同样的两句话:

有些人的命运：存在。其他人：无有。

然后我再次陷入沉睡，用瑞典语。

6

吃草的羊并未给高山留下印象
但对它的苍蝇们来说则不然

7

因不曾发生的事
悲伤——

从里面关上的门

草丛的重量
分散
一只蚂蚁五条腿的冥想
从中走过。

8

什么是毛巾,什么是水,
改变着
然而我们三者中,
　只有毛巾能倒挂在阳光下。

9

"我当年。"
　说来不带自怜或赞扬。
　　这份庄严我们许给仓鸮,
　　自我、牡蛎。

不含任何自身消失点的透视

一幅画中绿色或蓝色或黄色存在的方式
只是绿色与黄色与蓝色,
还有树、船、天空
同样如此——

存在着这样的世界
其中没有任何形容词,一切都是名词。

这属于其中。

就连今天——这坠落的一天——
或许也是如此。
足迹,足迹,其上有亲密的足迹。

奔跑者

将一天从名字和故事中解绑
很难。

呼吸倾泻
如水
从小碗到大碗。

一个人说:
加快。

另一个人说:
听着,奔跑者——
水下的物体对鱼来说芳香四溢。

美丽的陋室

美丽的陋室——

(你在其中垂死,
这房间里 a 减 a
将依旧等于 a,
世界减去世界等于世界)

我为它带去花。

他们奋力将自己
自水面托举,
一个苍老的妇人,
穿磨脚的粉色鞋戴粉色手套
缓缓地
走过八十六号大街。

这之中每一刻都不是减法

一整天日光越过窗台而来
仿佛一驾马车
由看不见的巨蹄马,奋力拉拽

转瞬你的呼吸就会爬进车,随它而去。

你所有的山河,
所有的城池与记忆,
都在车里翻着静默的筋斗。

我宣扬不确定

我宣扬不确定
带着感激

一个男人长着大手
和大脚
先是看着一支铅笔
随即将它贴到耳边

他聆听

日子潦草地过
无味

随高跟磨损的浮光颤动

化身蹒跚的宫殿

有行走的鱼群
黄色屋顶的善良

几乎不堪一击的前提
数着一与二的间隙
一切不曾遗落

零乘以任何事物都是一个世界

四减一是三。

三减二是一。

一减三
是残存
之物,之人。

第一个学会了分裂的细胞
学会消减。

诀窍:
饥饿加盐。

诀窍:
树加时间。

零乘以任何事物
都是一个世界。

此世界
再无其他,
随每次呼吸的变化,
袒露无遗。

诀窍:
死亡加生命。

诀窍:
爱时不背离它将带来的一切。
姐妹,父亲,母亲,丈夫,女儿。

如一把大提琴
当一个音符经过时将它谅解,
再谅解另一个。

难解难分

加尔各答的图书管理员和布拉格的昆虫学家
在他们圆脸盘的为世俗不容的电子邮件下签名:
"ton entanglée."①

无人能解释。
这奇特的魔咒,存在于边牧和羊、
树叶与风、两粒遥远的电子之间。

赛马这件事之中,同样,也有。
每个人更大声地为他自己的马呼喊,
在高涨的喧嚣里自信十足,
越过皮鞭,越过泥泞,
马会在他提速的耳朵里听见他自己的名字。
欲望不同:

---

① 法语,意为缠绕、纠缠。

欲望是比赛开跑前的片刻。

是否曾有一粒电子拒绝了
改变方向的邀约,
送来时装在不可知的信封里,带着不可知的指环?

一个常被讲述的故事:讲座结束后,孀妇
坚称宇宙栖于一只海龟的背。
"那海龟,"物理学家
问道,"停在什么上呢?"

"年轻人,你很聪明,"她答道,"非常聪明,
但一路下去都是海龟啊。"

还有一个北京的女子为情人买礼物,
他在波士顿练习海龟绘图,给他买的是件金属小摆设①
来自夜市的路边摊,
海龟的背上,在它龟壳上栖着,

---

① 原文 trinket,这里是双关语,trinket 除了意为廉价首饰和小摆件,也是一个在线程序编写与运行平台,它的显著特点是支持"海龟绘图"这个编程库。

一只海龟。
在涂成绿色的壳里，有另一只，更小些。

很多海龟接连不断，
最终，小到看不见
或是无法被它好奇的布道者般的脑袋托举，
一粒单独的并非绿色的电子
等待世界的广阔容下一些没有重量的讯息
只因它而被送入存在的喧嚣。

关于那一切的低语都可折叠、凝结、攀缘，
对抗并非如此的一切：

你在那里。我在这里。我记得。

如两个负数与雨相乘

躺下,你是水平的。
站起,则不然。

我愿我的宿命是人。

如一缕香气
不选择前往的方向,
它非曲非折,无法保存不能隔绝。

是,否,或者,
——一天,一生,从其间溜走,
褪下第三层皮肤,
褪下第四层。

鞋子的逻辑最终变得简单,
动物的疑问,脚步试探。

旧鞋，老路——
疑问总是新的。
如两个负数与雨相乘，
得到橙与橄榄。